Das Jahr der kleinen Welten

Mercator

Impressum

Text und Fotos: Christian Behrens
Layout: Heike Markwitz
Lektorat: Susanne Nagels, Susanne Schulten

Bibliografische Information der Deutschen Bibliothek
Die Deutsche Bibliothek verzeichnet diese Publikation in der Deutschen Nationalbibliografie; detaillierte bibliografische Daten sind im Internet über http://dnb.ddb.de abrufbar.

© Copyright 2012 by GERT WOHLFARTH GmbH

Verlag Fachtechnik + Mercator-Verlag, Duisburg
www.mercator-verlag.de

Druck: Druckhaus Cramer, Greven
ISBN 978-3-87463-505-9

Es ist der erste Tag des neuen Jahres,

die Welt wirkt watteweich und unberührt,

dieser Moment hat etwas Wunderbares,

es ist, als ob man Gottes Atem spürt.

Ein Rotkehlchen ruft leise einen Namen,
es mag wohl der seines Geliebten sein,

im Kloster sagt ein müdes Mönchlein: „Amen",
was immer werden mag, weiß Gott allein.

Die Schafe wirken noch etwas verschlafen,

und alle Zauberer, die sich hier trafen, legen sich nun im Mondenschein zur Ruh.

Ein kleines Leben siegt über den Winter

und Schneeglöckchen läuten den Frühling ein,

was vor uns liegt, liegt irgendwo dahinter,
und morgen schon wird heute nicht mehr sein.

und Krokusse küssen sich selber wach,

zwei Hasen hasten hurtig durchs Geschehen

und flinke Fischlein
flitzen durch den Bach.

In feuchten Tiefen

wünscht manches Wesen sich so manches Kind,

und viele machen es sich richtig schön,

bis sie dann endgültig zufrieden sind.

Die Pfauen halten ihre Augen offen,

ein kleines Fröschlein klettert durch das Gras,

und selbst die Mücken

und Kühe weiden sich an ihrem Spaß.

Ein lust'ger Molch wandelt im Wiesengraben

und Elfen tanzen auf dem Sauerklee,

es tut so gut,
es mal so gut zu
haben,

ein Herz voll Glück tut meist ein wenig weh.

Ein jünger Hüpfer hüpft

ins pralle Leben,

ein Maikäfer fällt müd' ins feuchte Laub,

und morgen,
Kinder,
wird's was
Neues geben,

und alles Alte wird zu Sand und Staub.

ist schon der Sommer da,

der Himmel ist nun wieder hier

auf Erden,

es
scheint

zu schön
zu sein

und
ist doch
wahr!

Ein guter Geist

hat einst
einmal beschlossen,

dass sich das Glück gedankenlos vermehrt,

und hast du's jemals unbeschwert genossen,

sind aller Sand und Reichtum

nichts mehr wert.

Und magst du auch den höchsten Berg erklimmen,

magst du
zur Sonne
flieh'n

wie Ikarus,

magst du auch durch die
tiefsten Tiefen schwimmen,

zählt doch die Liebe nur

zum guten Schluss.

Die Liebe

und der Tod sind wie zwei Brüder;

der Abend gibt sich für den Morgen auf,

das Leben legt sich

und wird immer müder,

am Ende endet jedes Wesens Lauf.

Doch Geist bleibt Geist,
man kann ihn nicht ermorden,

und alles Werden kommt

aus dem Vergeh'n.

Ach, da schau her,

es ist schon Herbst geworden,

und wieder

will ein Wunder

aufersteh'n.

Die Käfer sieht man eng zusammenrücken,

dem Schwan schwant schon,

dass es bald Winter wird,

Zugvögel ziehen über Himmelsbrücken,

ein kleines Rotkehlchen hat sich verirrt

und ruft sein Liebchen,
doch das bleibt verschwunden.

Der Schnee fällt leise und der Nebel steigt,

ein Möwchen
hat sein Königreich gefunden

und es den andren
auf dem See gezeigt.

Zwei graue Gänse sind auf ihrer Reise,

drei weiße warten
auf das Christuskind,

gemeinsam feiern sie dann still und leise,
dass auch die Tiere Gottes Kinder sind.

Nach Hause zieht's den Vater mit dem Kinde,

so nimm denn meine Hand, wir gehen heim.

Was wird uns wohl der neue Morgen bringen?
Die Zukunft wirft schon einen schönen Schein,

am Neujahrstag hört man ein Vöglein singen,
es mag des Rotkehlchens Geliebte sein.

In gleicher Aufmachung erschienen:

Das kleine Buch vom Leben am Niederrhein

Mit Texten von Christian Behrens und Zeichnungen von Sabine Abel

Das kleine Buch vom Glücklichsein am Niederrhein

Mit Fotos von Georg Sauerland, Zeichnungen von Thomas Plaßmann und Beiträgen von Willi Fährmann und vielen anderen

Das kleine Buch vom Kindsein am Niederrhein

Mit Texten und Fotos von Steffi Neu

Das kleine Buch vom Niederrhein

Mit Fotos von Georg Sauerland und einem Beitrag von Hanns Dieter Hüsch

Das kleine Buch von Weihnachten am Niederrhein

Mit Gedichten, Erzählungen und Rezepten für die Weihnachtszeit

Das kleine Buch vom Winterzauber am Niederrhein

Mit Fotos von Georg Sauerland und Texten von Oskar Maria Graf und vielen anderen

Das kleine Buch vom Ruhrgebiet

Mit Beiträgen von Herbert Knebel, Jürgen von Manger und vielen anderen